D y un LITERO en mi LIBRERO

¡Hay un MOLILLO en mi BOLSILLO!

por Dr. Seuss

Traducido por Yanitzia Canetti

LECTORUM
PUBLICATIONS INC
a subsidiary of Scholastic Inc.
New York

¡HAY UN MOLILLO EN MI BOLSILLO!

Spanish language translation © 2007 by Dr. Seuss Enterprises, L.P.
Originally published in English under the title
THERE'S A WOCKET IN MY POCKET!
© 1974 by Dr. Seuss Enterprises, L.P.

For information regarding permission,
write to Lectorum Publications, Inc.,
557 Broadway, New York, NY 10012.

ISBN-13: 978-1-933032-25-2
ISBN-10: 1-933032-25-1
Printed and bound in Singapore
10 9 8 7 6 5 4 3 2 1

Library of Congress Cataloging-in-Publication data is available.

¿Alguna vez
te ha dado la impresión
de que hay una
CHARURA
metida en la
BASURA?

¿ . . .O un GAVETORIO
en tu ESCRITORIO?

¿. . .O un ANTARIO en tu ARMARIO?

A veces
mi mente IMAGINA
que hay una GOLLINA
detrás de la CORTINA.

También
tengo la impresión
de que detrás del RELOJ
hay un pequeño PELOJ.

¡Y que encima del ESTANTE
hay un enorme TANTE!

He hablado
con él
antes.

Así es
mi hogar,
soy sincero.

Hay incluso un NEGADERO
flotando en el FREGADERO.

Y una
ZÁMPARA
en la
LÁMPARA.

Son

simpáticos

. . . eso espero.

Algunos son
amistosos.

Como la
ROLLA
en la
OLLA.

¡Pero
la
FELLA
de
la
BOTELLA!

Ésa sí
no es una JOYA.

Me gusta la
RESA
sobre la
MESA.

Y la
CRILLA bajo la SILLA.

Pero ese ÑOFÁ
   en el SOFÁ . . .

Es
una
pesadilla.

Cuántas RETENSAS
en las DESPENSAS.

Son un montón,
¡qué diversión!

Pero el
PEPILLO PENDIENTE
en mi
CEPILLO DE DIENTES . . .

¡No
me llama
la atención!

Lo que me asusta

y asombra

es la CHOMBRA

bajo la ALFOMBRA.

Y la TOLONEA

en la CHIMENEA . . .

No me gusta.

Ni un pelillo.

Y me siento algo nervioso
cuando veo al QUILLO correr por el PASILLO.

Los CASAÑOS
en los PELDAÑOS—

Esos, sí,
son de mi agrado.

Como son
muchos amigos,
muchos otros,
que he encontrado . . .

. . . Como el LÓTANO

y el GÓTANO

y el FÓTANO

y el BÓTANO

y el MÓTANO

y el PÓTANO

y el RÓTANO

en el SÓTANO.

. . . Y el SECHO
del TECHO . . .

. . . y
la
NUCHA
en
mi
DUCHA . . .

. . . y la COLADA
en mi ALMOHADA.

Yo no te voy
a mentir.
Así es la casa
donde vivo.
¡Y donde siempre
quiero vivir!

Y una
LENTANA
en mi
VENTANA